lisi schuur & eike m. falk

rom.das ist

© 2019 lisi schuur & eike m. falk

Herstellung und Verlag: BoD -
Books on Demand, Norderstedt

ISBN: 978-3-7494-5037-4

davor

wie hast du die zeit verbracht
wollte ich wissen
wie deine kirchen
den weihrauch verkraften
die brücken am tiber
ob sie noch tragen und
ufer verbinden
die sehnsucht wollte ich
neu erfinden
ob dein licht selbst
ruinen schönleuchten kann
pinienhaine
friedhofskatzen
die sieben hügel
die zu dir gehören
ob ewiges auch
vergänglich sein kann
alles das wollte
ich wissen

dann beginnt sie. die reise nach rom. für
uns, die spüren wollen, wie die stadt auf uns
wirkt, die wir einmal in einem buch
beschrieben haben.

jeder kennt sie vom hörensagen. die ewige
stadt. wie muss man beschaffen sein, so
benannt zu werden?

rom

anfänge   einstiege   annäherungen

rom

einmal mit frage einmal mit
ausrufungszeichen

rom: fraglos
rom: bedingungslos

ein oktobermorgen
einschwenken über den lago di bracciano
das thyrrenische meer
die küstenlinie von fregene, fiumicino
über die tragfläche geneigter blick auf eine
scheinbar unbewegte wasserfläche
türkis, marineblau, ein brauner
algenstreifen, buhnen, sand, strandbars,
keine menschen

der flughafen fiumicino:
eine geländefahrt, die gepäckausgabe,
ein smokingpoint, der weg zur bahnstation
notwendige übergänge, zielgerichtet
kaum haben wir die fahrkarten gekauft,
sind wir schon im zug, geht es los

die landschaft überfällt uns schlagartig
riesige palmen, meterhohe sumpfgräser,
bougainvilleen in verschwenderischer blüte
und doch gibt es kein erstaunen

aufnahme
gelesenes wird abgerufen, filme
zurückgespult
dort könnte die cabiria gelaufen sein, der
sternbald gerastet, der philipp fohr ein
hübsches mädchen gezeichnet haben

es geht schnell
der leonardo express braucht nur etwas über
eine halbe stunde

es gibt keinen aufenthalt
roma xi, portuense
vorstädte, mietskasernen
ockrig, sienafarben
und so ganz anderes als die plattenbauten
des nördlichen europas
paris, london, berlin, moskau
gleichviel,
und gleichermaßen kalt und uniform
wie dich dort das elend anspringt,
unverholen und wie ein pitbull aggressiv
bietet sich hier mühelos die gelegenheit
etwas glorie hinzuzudenken

das ist romantizismus, ich weiß
und ich weiß, dass es unverfroren, sehr
wahrscheinlich unangemessen ist
dennoch trage ich diesen abschnitt als
das elend und die glorie der vorstädte ein

pasolinis welt

die mir unbekannt bleiben wird
ich weiß, denn
meine welt, mein rom
wird das der touristen, der auswärtigen
besucher sein
der transappeninischen barbaren
eine bezeichnung, eine kennzeichnung, die
umberto eco für sich wählte
und wenn ich das aufgreifen wollte, was
wollte ich dann für mich in anwendung
bringen?
den transalpinischen?
selbst das wäre noch zu kurz gegriffen, denn
was mich betrifft
geht es doch noch weit, sehr viel weiter
darüber hinaus

aber, bitte
ist rom nicht selber schuld
hat rom uns nicht alle zu sich gerufen?

trastevere
das ist schon mittendrin

der bahnhof ist menschenleer
kulisse für einen menschenleeren film, der
nichts weiter zeigt, als
das abblätternde, das sich in streifen
auflösende grauen der späten 70er jahre
nur ganz zum schluss, in der allerletzten
sequenz, schiebt sich für wenige sekunden
ein aktivist der brigate rosse ins bild
ein schwarz vermummter schemen, der in
den händen eine kalaschnikow trägt
mit der er alles zu klump schießt

vorüber, vorbei
wir überqueren den tiber
eine andere transzendenz, die alten
gemäuer, ruinen
die das gesichtsfeld bestimmen
die gleise fächern sich aus
roma termini
lebhaftes gewimmel auf den bahnsteigen
kurzes statement: ich liebe kopfbahnhöfe
die italienische sprache
die stimme der stationssprecherin
bologna, torino, genua
die namen, die sie ausruft, lassen mich
wohlig schaudern

draußen: wärmende sonnenstrahlen
noch mehr gewimmel
autos, busse, straßenbahnen
der geruch einer stadt

diese stadt duftet angenehm unstädtisch
diese stadt wärmt
diese stadt freundet sich mit mir an
ich habe es nicht anders erwartet

wir überqueren die piazza der 500 zur via
cavour hinüber
ecke principe amadeu
(wo wir unser hotel wissen, es ist nur noch
100 schritte entfernt)
lehnen wir unsere koffer an einen poller,
stecken uns eine zigarette an
dies könnte bereits ein genügen sein
hier stehen
und sich gleichzeitig treiben
von der flut aufnehmen lassen ...

der abstand beginnt sich aufzuheben
die zeit beginnt sich mit sich selbst zu
versöhnen

seit unserem abflug sind gerade erst drei
stunden vergangen

es ist nicht die fremde einer tropischen
landschaft, die uns umfängt
das auge würde sich damit zurechtfinden
es ist die fremde eines tropischen
bewusstseins

wir könnten auf einem anderen planeten
gelandet sein
wir könnten andere geworden sein
spürbar ist aber nur ein kleines
benommenheitsgefühl
wir gehen weiter
buon giorno! begrüßt uns lächelnd die
kellnerin eines restaurants
an dem wir unsere koffer vorüberschieben
aber hallo!
buon giorno!

wir sind früh dran
werden freundlich empfangen
unser zimmer, das war uns aber schon vorher
bekannt, wird erst um ein uhr bereit sein
kein problem also, denn: es gibt ja die
dachterrasse
wir haben uns das hotel schließlich nicht von
ungefähr ausgesucht

wir lassen unsere koffer an der rezeption,
besteigen den fahrstuhl, fahren in die siebte
etage hinauf
dort findet sich die küche, dort sind die
frühstücksräume und
noch einige stufen weiter aufwärts
die dachterrasse

ah!
rom
so ganz anders

ein fragiles gebilde von kirchen und
monumenten, die häuser, die dazwischen
liegen, die sich um sie scharen, wie ein kitt,
der sie zusammenhält, tragen rote schindeln,
doch beinahe genauso häufig auch flache
dächer, einige mit dachterrassen wie der
unseren mit viel grün, in der mehrzahl sind
es jedoch solche, auf denen nichts anderes
als abluftschächte, gitterroste, antennen zu
sehen sind, aufbauten, die zwar abweisend
und unbelebt, jedoch nicht weniger
malerisch erscheinen

der petersdom wirkt klein, sehr viel kleiner
als ich vermutet hätte
dabei ist er gar nicht so weit entfernt

auch die innenstadt ist sehr viel kleiner als
ich sie mir dachte

wirkt beinahe kleinstädtisch wenn nicht gar
dörflich

nein, das stimmt nicht
weil es ja nicht stimmen kann
stimmt aber doch
es fehlen die hochhäuser
die hässlichkeiten

ein weiteres feststellen: rom ist eine nicht-
hässliche stadt
(es gibt deren nicht viele, und die ich
herzählen könnte, stehen rom
bevölkerungsmäßig um einiges nach)

während wir im schatten des großen
sonnenschirmes sitzen

irgendwo dort draußen hört die sprache auf
bilder bleiben, bilden sich aus
erweitern sich

ich lasse die sprache schweigen
mich schweigen
für ein ganzes schauen
fühlen
riechen auch

die olivenbäume der dachterrasse
tragen reiche früchte
die straße rauscht
spült sich herauf
ruft, lockt
durstig bin ich
trinken möchte ich
mich in die straßen hinein

am horizont
oder vielmehr: dort drüben
auf diesem hügel da
schimmert die villa medici
dahinter der park, die pinien, die büsten
gefühle ...

eine stunde um
wir gehen unser zimmer in empfang zu
nehmen
bekommen unser kärtchen
4 20 die nummer
gleichweit nach unten wie nach oben
das zimmer ist klein und gemütlich
wir halten ein schläfchen
das nun nötig war

das flugzeug bringt uns zum airport
fiumicino. das wetter ist vielversprechend.
sonne. 25 grad.

mit dem leonardo express zum bahnhof
termini. von hier aus nur ein paar minuten
bis zum hotel. diana roof garden.
der empfang ist freundlich. das einchecken
beginnt erst um 13 uhr. also fahren wir mit
dem aufzug in den siebten stock. die
dachterrasse lockt. und sie ist wunderbar.
ringsum begrünt. ein türmchen auf dem
tauben sitzen. nicht lange, sie halten
unentwegt ausschau nach essensresten.
tische und stühle. polster auf gefliesten
bänken.

von hier oben sieht man die stadt. die
kuppel des petersdomes entdecken wir. erste
fotos von rom werden gemacht.
satellitenschüsseln gibt es reichlich. die
neuzeit hat sich auf alten dächern und
masten eingerichtet.
ockerfarbene häuser. ockerfarben auch die
wände unseres zimmers.

von dort aus haben wir die straße im blick.
via principe amedeo.

viele kleine geschäfte und restaurants.
mehrere hotels. touristen. touristen. die
autos hupen. die motorroller antworten. der
verkehr schiebt sich. hier möchte ich nicht
auto fahren.

die klimaanlage surrt vor sich hin.
oberbetten gibt es nicht. im schrank sind
decken. wir breiten sie auf den laken aus.

gegen drei machen wir uns auf den weg
in die straßen
es ist schon so: rom ist die schönste stadt der
welt
(bis hier, so weit)

komm, sagt die liebste
wir verkaufen alles und ziehen hier hin

ein guter gedanke
wenn ich bedenke
die straßen
den giardini nicola calipari
ein buntes gedränge
spielende kinder, blasmusik scheppert

was wir hier erleben ist der auftakt zu einer
demonstration
teil des europaweiten aktionstages march
against racism
und wenn das hier der einzige römische
beitrag sein sollte, ist das herzlich wenig
zwei, dreihundert teilnehmer, mehr werden
es nicht sein
der italienische innenminister mag sie nicht,
die sich hier versammelt haben
zuwanderer aus afrika

wir setzen uns dazu und teilen uns das
belegte brot, das wir unterwegs erworben
haben
schinken und käse, würzig und dick
geschnitten
sitzen unter hohen palmen
auf dem mäuerchen einer alten ruine
die erde ist warm
dieser boden, diese steine

die demonstranten stellen sich zusammen,
ziehen los
der italienische innenminister hat
ausreichend polizei geschickt sie in empfang
zu nehmen und durch die straßen zu
begleiten

auch wir ziehen los
in die andere richtung
tiefer in den park hinein
der schön und verfallen
schön und verkommen ist
die verwitterten statuen
kaum auszumachen, was sie einmal bedeuten
sollten
an einer meine ich die tentakel eines kraken
auszumachen, der mit einem antiken helden
kämpft
nur, wer hat sich denn mit tintenfischen
gestritten?

oder sollte es ein früher ausdruck des
cthulhu-mythos sein?

verkündete der tintenfisch in der sprache der
tintenfische?
hat er bereits einen richtspruch über uns
verhängt, der nun seine einlösung findet?

vielleicht war es eine stunde, die schon
gewesen ist
und wir kosten bereits die strafe aus

du bist der stein
dem der bildhauer seine gestalt aufdrückte
in der zeit
fließt du zurück

müll, menschen, die im müll sitzen
kinder, die im müll spielen
ein spielplatz, zwei altmodische karussels,
doch in betrieb
nein, keine tristesse
ein selbstverständliches
wie alles hier ein selbstverständliches hat
des seins, des miteinanders

häuser, bäume, menschen, die autos auch,
der verkehr
ändert nichts am eingespielten, am von
alters her überkommenen, von generation zu
generation weitergereichten, dem
selbstverständlichen, beinahe
selbstvergessenen
sein
roms
der stadt
seiner menschen

stadtbummel
die augen haben keine pause
klettern mauerwerke hoch
beäugen den stuck
sehen menschen und sittichen zu
im lauschigen park
haben sich demonstranten versammelt
anti-rassismus-demo
überall polizia
kinder spielen basketball
die kerzengeraden palmen
majestätisch
wir setzen uns auf eine mauer
genießen das zuvor gekaufte sandwich
und das leben sowieso

einschub:
was wir nicht wussten
dass sich in unserem rücken, eben dort, wo
wir unser belegtes brot teilten, die porta
magica befand
zu der es eine geschichte gibt

die porta magica gehört zu den überresten
eines palastes des grafen massimiliano
palombara, der, umgeben von einer
weitläufigen gartenlandschaft, in früheren
zeiten an dieser stelle stand.
eines abends im jahre 1657 griffen diener des
grafen einen fremden auf, der sich
unberechtigterweise im garten zu schaffen
machte. vor den grafen geführt erklärte
dieser, dass er nach einem kraut suche, das
einzig hier wachsen sollte und allein ihm
noch als zutat fehlte um auf künstliche weise
gold herstellen zu können.
der graf, als freund und förderer der
verborgenen wissenschaften bekannt, war
sofort feuer und flamme und gestattete dem
fremden nicht allein weiter nach dem
geheimnisvollen kraut zu suchen, sondern
stellte ihm auch sein eigenes laboratorium
zur verfügung, damit er, sobald er fündig
geworden, gleich mit der herstellung
beginnen könnte. zur belohnung erbat er sich
die rezeptur, was ihm der fremde zusagte.

als der graf am anderen morgen, begierig die ergebnisse von des fremden nächtlichen wirkens zu erfahren, zum laboratorium eilte, war dieser verschwunden.

geblieben waren einige pergamentblätter, die mit formeln und kabbalistischen zeichen bedeckt waren, die allerdings niemand zu deuten vermochte, sowie - unzweifelhaft - einige plättchen gold, die über den boden verstreut lagen.

zur erinnerung an dieses ereignis ließ der graf die papiere an verschiedenen stellen des palastes einmauern und eine alchemistische pforte, eben jene porta magica, errichten.

späterhin munkelte man, dass es sich bei diesem anonymen gast um giuseppe borri gehandelt habe, einem abenteurer, wie ihn nur dieses zeitalter hervorbringen konnte.

borri war ein schüler von athanasius kircher, wurde jedoch wegen unbotmäßigkeit aus dem jesuitischen seminar entfernt und führte fortan ein unstetes wanderleben, das ihn mit interessanten, berühmten und einflussreichen persönlichkeiten (es trifft ja nicht immer alles auf alle zu) in berührung brachte.

1661 hatte man ihn in absentia auf dem
campo de fiori verbrannt, er wurde jedoch,
als ihn jahre später die habsburger an den
kirchenstaat auslieferten, auf betreiben
seiner einflussreichen freunde, darunter der
königin christine von schweden (die
gleichermaßen berühmt wie interessant war)
begnadigt, auch wenn er bis an sein
lebensende im castel sant angelo
eingekerkert blieb, sich jedoch frei bewegen
konnte und sogar über eine eigene
alchemistenwerkstatt verfügte.

und schließlich noch:
was schreiben sie nicht alles über diesen park
(wenn man googelt, was wir später taten)
von taschendieben, drogenhändlern,
dunkelmännern
natürlich, wenn man die furcht in der
handtasche mit sich führt, wird man sich
fürchten
wenn man unvorbereitet kommt, wird man
menschen sehen, erleben
die hier ihre zeit verbringen, zubringen,
umbringen
was schlimm genug ist, weiter nichts
und doch zu viel

wir schlagen einen bogen zurück zum hotel
begegnen der demonstration an dieser, an
jener straßenkreuzung
lauschen den hupkonzerten
bewundern die gelassenheit der römischen
autofahrer
bewundern das kopfsteinpflaster
das leise stöhnen der autoreifen
das von den fassaden der alten häuser
wiederhallt
bestaunen die verführerischen auslagen der
bäckereien
besorgen uns ein eis in der via merulana
lassen uns einmal mehr auf einem alten
mäuerchen nieder
mura serviana, largo leopardi
namen, die uns anwehen wie ein zauberwind
ein flüstern aus den hochgeschossenen
platanen

wir staunen uns an
wir staunen die stadt an

später, so um 6 herum
wir, wieder auf der terrazza
trinken frascati mit blick auf die berge, wo er
herkommt
flips, chips und parmeggianohappen dazu
der mond steht da, wo er hingehört
im süden
eine dünne sichel (zunehmend)
gestern abend stand er auch genau dort
über dem düsseldorfer flughafen
eine eidechse an der wand
luchertola
möwen, weiß vor verdunkelndem himmel
bestrahlt von römischem licht
möwen weiß, motten weiß
weiße bewegtheit
nur ein einziger unbewegter gegen westen
arcturus
lichttupfer
frascati

später der mond
seine sichel über rom
eine möwe
vor nächtlichem himmel
wir sitzen auf der dachterrasse
trinken frascati
mümmeln die dazugestellten snacks
der fernseher in der ecke
überträgt sportsendungen
teelichter auf dem tisch
ali der kellner
erzählt, dass er deutsch
nur ganz langsam sprechen kann
hüstelt wegen unseres zigarettenrauchs
fährt das dach zurück
dass die natürliche lüftung
besser funktionieren kann
es ist kühl
als wir im vierten stock
unser zimmer aufsuchen
das fenster öffnen spaltbreit
die geräusche der straße
mitzunehmen in unseren schlaf

die drei kellner auf dem dach sind jeder eine
eigene nummer
völlig verrückt alle drei
der eine ist ganz sicher etwas beschränkt
was durchaus keine beleidigung darstellt
wenn ich das sage, er
ist dieser eine teil roms
den es geben muss
über den jede stadt verfügen sollte
will ich sie gelten lassen
(und rom ist gültig!)
der zweite ist pokerface, nur
und ausschließlich
der dritte ein schelm, eine maske
eine wechselnde larve
mal rührend besorgt um uns
dann lässt er uns für eine stunde allein
sieht uns nicht, wenn er an unserem tisch
vorübergeht
ignoriert uns, lehnt uns ab
ein spiel der verworfenheit
wir sind verworfene ohne grund
es bedarf keines grundes
im sein
keiner begründung

9 uhr
frühstück auf der terrazza
ein reichhaltiges, reichlich
wolkenhüte, die auf den 7+ hügeln sitzen
(nicht einmal wikipedia weiß, über wie viele
hügel rom mittlerweile verfügt)
die hüte heben ab und 1 blauer himmel
erscheint
die tauben warten geduldig auf ihre
gelegenheiten
auf dem nachbardach eine kleine
möwenkolonie
man sieht sie nicht, hört sie aber
nicht übertrieben lautstark
die glocken beginnen zu läuten
die götter dürsten nicht, lassen es laufen
haben weiterhin alles im griff
in einem sehr verspielten, leichten
so leicht wie ein zitronenplätzchen,
hauchdünn
die römer sind klug, verschließen ihre augen
während die kirchen sich öffnen wie hungrige
muscheln
wir frühstücken
die wolken steigen höher und höher hinauf
lösen sich auf
es wird keine rechnung präsentiert
es ist alles wohlauf
die geduld der tauben wird belohnt

nun plündern sie die leergewordenen tische
aus
unaufgeregt, hastlos
wie wir
trinken noch einen kaffee
steigen zum höchsten punkt des daches
hinauf
eine enklave des rundum
ruhender blick, noch
weile haben
auf unser zimmer gehen
auf weile, auf verschwiegenheit, von dauer
sein
und zeit
haben
und sein
eine umkehrung
eine umwandlung
eine ummantelung
es geschieht
es ereignet
ermöglicht sich

genug

wir brechen auf
stürzen uns ins gewühle der metro
bewegung
termini: rolltreppen, gänge, fußläufiges,
rolltreppen
die metro nach spagna
dort: rolltreppen, rollgänge, fußläufiges,
aufwärts, aufwärts
dicht an dicht, menschen, körper, leben
leben!
wir leben
wir sind schön
wir sind die welt
es gibt daran nichts auszusetzen
es ist freude
ein sich freuen
dass es dich gibt
dass es uns gibt
dass es ein leben ist

einschub:
es verfügt rom ja nur über zwei metrolinien,
die völlig überlastet sind, egal an welchem
tag, zu welcher stunde und wohin auch
immer man unterwegs ist
endlose rolltreppensysteme wie in jeder
großstadt, vielleicht einen tick
vernachlässigter als anderswo (genau den
tick, der sie launig macht)

an der spagna gibt es mehrere nach höhen
gestufte aus- bzw. zugänge
wir folgen dem pfeil, auf dem villa borghese
steht
es geht aufwärts, aufwärts, und nochmal
aufwärts
als wir uns schließlich im tageslicht
wiederfinden, wiederholt und bestätigt sich
der gestrige eindruck: verfall,
vernachlässigung, gleichgültigkeit im umgang
mit öffentlichen anlagen
regenbäche haben sich ihren weg durch den
kies gegraben
tiefe canyons ins erdreich geschnitten
wir stolpern zu seiten der viale del
gallopatoio dahin, biegen dann rechts ein
unschönes, vertrocknetes (mehr sand als
rasenfläche), baumaschinen, kieshaufen,
keine bänke, nichts einladendes, nicht
einmal ein mäuerchen, auf das man sich
setzen, eine rauchen könnte
wir schlagen uns seitwärts durch die büsche
und
kommen direkt beim goethe raus

ganz schön shocking, wenn man nicht darauf
vorbereitet ist!

er hat aber gar nichts bedrohliches, der herr
miller
das denkmal steht mehr von ungefähr so da,
im durchfurchten kies
verzweifelter marmor, eine völlig
bescheuerte mignon am sockel
(also wirklich ganz daneben)
(von den anderen figuren will ich gänzlich
schweigen)
und auch er selbst schaut irgendwie dämlich
jedenfalls unbedingt guckindieluftig irgendwo
weit über rom hinweg
eine haltung, die des denkmals bauherrn,
dem tumben kaiser (tatü tata)
ganz sicherlich entsprach
ihm aber durchaus nicht gerecht wird
(denn er hat's doch so schön gehabt am corso
drunten)

uns ist das jetzt egal
da sind stufen
auf die können wir uns setzen
eine rauchen
entspannt

entspannen

eine annäherung suchen
der annäherung worte finden
einer annäherung des zweifels, zweifelns
ob das, und ob ich hier richtig bin
ich bin
sehr
ich
bin am rechten ort
ich bin, wo ich hingehöre
es ist so
eine aussage
es ist so
ist eine aussage, die einen punkt markiert
ein hier

• hier

das sich zu einer linie streckt, dehnt,
entwickelt, formt

—

die immer noch hier
(solange sie sich streckt, dehnt, entwickelt,
formt)
immer ein hier bedeutet
bis sie ein dort erreicht
das ein hier bedeutet

• hier

— dort

• hier

immer fort
immer hier
dort hier
laufen, gehen, hier
dort
brunnen, steinbänke, denkmäler
feist und protzig
schimmern zwischen den bäumen auf

auf

die handys herausgeholt
google maps studiert
da also sind wir
da könnten wir hin
wollen wir

weiter
auf

bewegung
wir bewegen uns im zweifelhaften licht der
erwartung der viale dei pupazzi entlang, die
sich als ein weiterer putziger kiesweg alter
wasserschleifen erweist, musikalisch
begleitet durch einen gitarrespieler links,
rechts ein harmoniamann, schräg voraus
stimmt sich eine violine ein, rund um den
dianatempel liebespärchen, ein raunen, es
wird getanzt, kinderwagen geschoben, eine
fahrradklingel, auf dem sockel der göttin
sitzt ein kleines mädchen, die glaubt es kaum

wir kommen uns näher
mit jedem schritt, den wir gehen
mit jedem atemzug, den wir nehmen, jedem
blick aufs umgebende
spüren wir das besondere dieses tages an
diesem orte in diesem hier
nehmen es in uns auf, saugend
wie neugeborene geben wir uns daran hin
fühlen uns ein in dieses neue gefühl des
lebens über einer oberfläche
unter einem himmel, der sich zugänge
schafft

villa borghese. der park mit den pinien. il
pincio mit dem wunderbaren blick auf rom.
fröhliche menschen. leckeres eis im
hörnchen.
fotos machen, dass man sich später besinnen
kann, wenn die erinnerung trugschlösser
bauen möchte.

sehe die büsten
genieße den blick
über sie hinaus
in die wirklichkeit

gestern wusste ich
was es bedeutet
wenn der wind
die bäume
heller klingen lässt
heute
ist mir soviel
andres im sinn

denke
dass es nie aufhören soll
dieses ist
wie es sich anfühlt
ehe es endet
wie alles
zuvor

so viele pinien
doch nicht einen zapfen sehe ich
auf dem boden liegen
(der liebste erzählt mir später
er habe welche entdeckt)
wenn ich zurück bin
kaufe ich einen
stelle mir vor
wie er an dem besonders schönen baum hing
der so wunderbar gewachsen mit
seiner ausladenden krone

die pinien von rom

1
die pinien von rom, das sind bäume, die dem
himmel ein haus bauen
sie schenken dem himmel fenster, daraus
schaut der himmel heraus
wir sehen durch die fenster einen himmel in
seinem haus
2
stehen nicht heimlich
doch gehört die heimlichkeit ihnen ganz
3
ich kann euch nicht kennen
aber entdecken kann ich euch in mir
4
ich versuche mir den verlauf von stämmen
und ästen einzuprägen
das lückenhafte aufwärtsstreben
die leichtigkeit der gewölbten, gebüschten
kuppen
ich scheitere an der vorstellung, wie einfach
es sich hinaufliegen ließe
am scheinbaren gebe ich mich verloren
5
lichter schatten, durchleuchteter schatten
sanfte gespenster, die ihre schweren kreuze
abgelegt haben
sie sind frei, der tod hat keine gewalt mehr
über sie

6
ich bleibe bodenlastig, steinern
wo der baum wurzeln fasst
habe ich nicht acht gegeben, habe mich
seine ratschläge missachtend, beiseite
geworfen
und nun flattern mir die gedanken davon
wie der rauch meiner zigarette
7
ich werde nicht hinterherschweben
ich will es gar nicht mehr
ich werde auf den stufen der piazza di siena
sitzen bleiben
uns allen einen nachruf schreiben
auf mein nachleben warten
8
ich lege die stirn in falten
starre einem eiswagen hinterher, und
9
als ob es einen hafen für windschiffe gäbe
die krummgebogen
10
wie sonnensegel
wie große pilze
wie spurensucher, doch
11
antworten offen

das war, als wir zu füßen des königs saßen,
wir merkten es aber kaum, solch ein
unscheinbar alter altertümelnder war er,
umberto I., der auf seinem pferd saß, wie sie
das alle taten, er noch dazu verpfuscht unter
seinem federbusch
aber er hat der stadt rom diesen park
geschenkt, uns also ...

wir rauchten mal wieder eine, dann
während ich noch nach einer weiteren (der
entscheidenden!) erfahrung suchte
tat sie das einzig richtige und machte sich
auf

sie, die geliebte, nähert sich dem baum
sie, die geliebte, umrundet den baum
sie, die geliebte, schließt den baum in ihre
arme
sie, die geliebte, tastet nach den mustern
der rinde

die rinde der pinie fügt sich wie die schuppen
eines fisches
die rinde der pinie ist ein kaleidoskop mit
tausend verstecken

er, der baum, schmiegt sich ins sanfte gleiten
ihrer hände
sie, die geliebte, augenoffen
da wussten sie voneinander

immerhin, ich
während ich saß
stellte fest
dass man, anstatt vom hier und dort
auch von einem einst und nie sprechen
könnte
einem einst, das man nie kennenlernte
und einem nie, das es nicht geben würde

ich, hier, also in einem niemalsland platz
genommen hatte
denn zwischen einst und nie gibt es keinen
ort
und der ort ist hier

die mutter, die ihr kind stillt
die uns bittet ein foto von ihr und ihm zu
machen
für den vater, sagt sie
das ist es, warum wir hier sind

es könnte natürlich überall sich ereignet
haben

ich gerate in eine kontroverse mit mir selbst
ich erledige sie (und mich)
unter hinweis auf einen haufen steinwerk
die villa borghese
geschaffen, den straßenhändlern ein dasein
zu schaffen

die sprache schweigt nicht
die sprache verschweigt sich nicht

wer glaubt schon an die nacht
wenn die sonnenstrahlen knistern

dann hat sich alles geweitet und empfängt
mich, uns, uns alle

keinen augenblick zu spät

kurz nachdem wir an den kids
vorübergegangen waren, die mit der gitarre
am abhang saßen, spendierten wir uns ein eis
vom büdchen

de omnibus dubitandum
warum also nicht gleich
ad astra
dann werden wir ja sehen ob es sich lohnte

es werden lupercalien gefeiert
tempio de antonino e faustina
wir setzen uns seitlich aufs mäuerchen
(wie gut, dass es mäuerchen gibt)
sitzen in einer ameisenstraße, das eis
schmeckt

die ameisen machen sich lästig
wir verflüchtigen uns zum rauchen auf die
andere seite
die vergöttlichte faustina schaut uns traurig
zu dabei
sie besitzt einen verstümmelten rechten arm
und tut uns leid
einstmals ist sie die mächtigste frau roms
gewesen
aber macht ist ungenießbar
also, was solls
oder eben: ad astra (s.o.)

wir schlendern weiter

schlendern ist eine art von gehen, bei der
man die füße missachtet
man sollte sich dabei vorsehen
sonst wird man von rikschas überrollt

wir aber nicht

wir flanieren trödeln zockeln

es gibt auch keine wölfinnen, die uns
nachstellen
nur überall diese pinien, die nicht loslassen
wollen

doch wir hatten beschlossen nicht ständig
nach oben starren zu müssen
wir wollten rom sehen

wir nähern uns dem pincio

pincio conzertante

die zeit:
ein wärmestrahlender nachmittag im frühen
oktober

das personal:
die rosenverkäufer
die freundschaftsbändchenverkäufer
die handyhalterverkäufer
die musikanten
die flanierenden pärchen
die ausfliegenden familien
die neugierigen touristen

largo

vor uns
und zwar so, dass wir ihn auch bewundernd
wahrnehmen
schreitet ein löwe über die straße
er springt auf die mauer über der fontana
dell´ acqua felice
kratzt sich den marmor zurecht
und legt sich schlafen
eine etage tiefer
schauen zwei verdrießliche drachen in die
falsche richtung
bespritzen die kinder sich mit wasser
putzt eine passantin würdevoll ihre brille
trocken

andante

rinnsale verbreitern sich zu bächen, bäche
fließen zusammen, entfächern sich zu einem
fluß, der die menschen auf die piazzale dei
martiri strömen lässt.
für einen kleinen moment haben sie
vergessen, dass sie ein spielzeug der götter
sind.
der sonntagnachmittag hat seinen höhepunkt
erreicht.
wenn wir jetzt die augen schlössen, würden
wir erfahren, dass die tür einen spaltbreit
offen ist.

moderato

die augen bleiben diesseitig
in licht und farben versponnen verspielt
fühlen uns wie glühwürmchen bestätigt
beiläufig
einem etwaigen getöse zuvorkommend

adagio

auf den bänken (steinern oder aus holz)
liebespaare, ausgestreckt
mal er, mal sie

der andere streichelt
haar, nacken, wange, ohren
beide lächeln, beide
ein sonnengewebtes, zart duftendes
ein grünendes polster, ein moos

vivace

kopflastig, hier
braunkehlchengesang
schritte im kies, knirschen
unwucht in der begegnung
pomponio leto
und das humanistische kursiv
paläografie eines schriftzeichens
in schwarz und in rot
die gewalt des dunkels zu durchbrechen

espressivo

licht!
dort vorne
wo sich die silhouette des petersdomes
in den himmel schiebt
ein verschwommenes begehren
eine paraphrase

rubato

der mosesbrunnen:
wenn ich später nicht durch zufall darauf
gestoßen wäre
würde ich noch immer rätseln warum die
marmorne frau so grundlos unglücklich, nein
-
betroffen, ins herz getroffen wirkte
wo doch das kind, das in den brunnen
gefallen, wieder in sicherheit schien
stellte sich mir die frage
aus welchem grund religionen immer das
ende zum anfang machen müssen

maestoso

der balkon
leckt sich die zunge
ragt wie eine düne ins meer
schmeckt nach schokoladeneis
strömt einen duft von sonnenhaut aus

ad libitum

angerauht an den tag, unbefestigt
die hände gefaltet
aussicht nehmen

unsicher

die erde hat einen riss
die wolken haben einen sprung

wir waren gekommen rom zu sehen
und rom ziert sich nicht

ritardando

rom gibt uns rätsel auf

wir befragen uns
was stehen bleibt

die piazza del popolo
ein haltloser kreis, der uns mitnimmt

wie es mir wohl ohne sonnenschein hier
gefallen würde.
bei regen womöglich. mit dem schirm in der
hand. die langen wege im park. nur nasse
mäuerchen. dadurch ungeeignet zur rast für
die zigarettenpause. dafür vielleicht viele
freie bänke, die dann allerdings ebenfalls
nass und wenig einladend dastünden.
die büsten verdunkelter. ihre schwachstellen
offener zur schau getragen.
doch die sonne geht nett um mit der
fehlenden hand, dem abgeplatzten stein.
auch mit den musikanten, die sich um die
gunst der menschen weniger bemühen
müssen.
gute laune ist ansteckend.
das wissen auch die rosenverkäufer. ihre
rosen leuchten intensiver ohne
tränenspuren.

wir sahen uns mitgenommen
einbezogen
lange zeit
blieben wir auf dem balkon
wechselten unsere position
wechselten sie noch einmal
es war wie auf dem rummelplatz
wir fühlten uns angelockt von einem schild
„die bekannten ansichten von rom"
wir traten ein
und fanden die bekannten ansichten von rom

du hast nicht einmal deine sonnenbrille
abgenommen

schließlich gingen wir schatten suchen
fanden ein steinernes bänkchen
sahen uns den strengen blicken eines herrn
monti ausgesetzt
drehten ihm den rücken

wir rauchten
ließen den rosenverkäufer zweimal abblitzen

zweimal schwang das pendel des schicksals
zurück
sicher ist man sich nie

was abseits des weges lag: der antinous
obelisk

als man sich noch götter backen konnte wie
marzipanherzen, buk sich der kaiser hadrian
einen gott.
der gott des kaisers hadrian war ein schöner
jüngling namens antinous.
es ist nicht ungewöhnlich, dass sich kaiser zu
schönen jünglingen hingezogen fühlen.
es ist auch nichts ungewöhnliches daran, dass
diese schönen jünglinge frühzeitig und unter
mysteriösen umständen zu tode kommen.
der geliebte des kaisers hadrian ertrank im
nil.
freundlicherweise nahm sich der totengott
osiris seiner an und in seinem unterirdischen
palast auf.
zu unserem vergnügen ließ ihm der kaiser
hadrian einen obelisken errichten, der alle
zeitläufte überdauerte.
woran sich allerdings auch nichts
ungewöhnliches entdecken lässt, denn die
päpste waren ganz versessen auf obeliske
und ließen keinen verkommen, keinen.
gepriesen sei amun ra.

und sonst noch?

der fahrstuhl in die unterwelt
von der villa medici zur spagna hinunter
ein schaukelnder, tuberkulös ächzender
seelenverkäufer

dann wieder rolltreppen, fußläufiges
gehen, bewegen, drängeln und sich bedrängt
fühlen

als du verschmolzen bist
mit dem geräusch der straße
ist aus dem kleinen viertelstündchen
ein großes geworden
dein gesicht
beleuchtet
dass es ist
wie ich es mag
mit den unbeschriebenen notenlinien
darin leise
ein grüner sittich singt
der noch nicht
sprechen kann

als ich noch
kein mensch war
lag ich in der luft
mensch geworden
nahm man mir
die luft
versteinert
stehe ich heute
im hauch
der vermeintlichen ewigkeit

soviel süßes
um dich her
kein wunder
dass du den ersatz

höher einzuschätzen weißt
weil das süße
sich nicht
zu steigern
vermag

stunden später, nachts
in der via principe amadeo
principe amadeo
der stolz der italienischen kriegsmarine
einst, damals, gestern
ein stück holz, ein stück eisen
eine ziffer im haushalt der schlachthöfe
der himmel ist schwarz, tintenschwarz
ich wollte in musik fassen können
wo die sprache sich verschweigt
wenn die komposition zusammenbricht

die sprache verschweigt sich nicht
sie spricht immer genau von dem wo ich eben
war
sie spricht von der straße, den schuhen,
stiefeln
beinen, körpern
sie erzählt die geschichte vom leeren
brunnen
vom brunnen des froschrückens
des krokodilmaules
ein spalt wirklichkeit im dämmerdunkel der
wahrnehmung
ein kunstgerechter aufbau
gute nacht

als wir zum essen in die kleine pizzeria auf
unserer straße gehen, ist es abend.
die sonne hat mit dem tag abgeschlossen.
das blinzeln hört auf. die augen öffnen sich
weiter.
die speisekarte zu lesen, die weine der
getränkekarte zu entziffern.

der sichelmond über uns
als hätte er
sein versprechen wörtlich genommen
doch du erinnerst
dich nicht

chinesische zeichen
in bilder geschrieben
sie zu entziffern
dauert eine nacht
bis zum stern
der so leuchtet
in deinen augen

wir wollen zum accatolico
mit dem bus
eine kleine stadtrundfahrt
das colosseum, das forum
wie schön, dass wir dort niemals hinwollten
der perfekte alptraum ...

das colosseum liegt genauso uninteressant
da, wie ich es mir immer gedacht habe
nein, nein - ich gehe keine stadien
besichtigen, zahle keinen eintritt dafür
sollen sie doch alleine fußball spielen, ist
sowieso nicht mehr zeitgemäß
ach so ... ja, nein ...
da ist der bus bereits vorübergefahren, bevor
ich einen neuen gedanken fassen konnte, ist
vorbeigefahren an all den menschen, den
fremdenführern, die mit ihren fähnchen
winken, hier entlang, dort werden löwen,
bären, gladiatoren geschlachtet - einerlei -
ganz recht, es ist mir einerlei, ob gladiatoren
oder fußballspieler, es verbarrikadiert das
denken wie die hohen lattenzäune, die es
abschirmen - von wem? - bekleistert mit
werbeplakaten, hinter denen es gar nicht so
kolossal mehr wirkt, eher verloren,
verausgabt, ein steinhaufen, doch als solcher
noch ganz ordentlich, trotz der plünderungen
der vergangenen 2000 jahre,

aber genug davon, der bus rundet sich ums
forum weiter, auch dort ist alles voller
menschen, stendhals traum hier einmal
alleine inmitten der alten steine sitzen zu
können (da er der überzeugung war, dass sich
erst dann ihre sprachmagie ergründen ließe)
war damals unrealistisch und ist nun für
immer verloren, es sei denn, man steigt
nachts über den zaun ...

immerhin

mit diesem immerhin geht es weiter
lässt sich auskommen

erholsam, was uns unter der pyramide des
cestius erwartet
der acattolico
friedhof der fremden, so hat ihn pasolini
genannt
und man spürt seine vorbehalte
selbst gramsci, dem einzigen, den er hier
gelten lässt
begegnet er mit misstrauen
wegen dessen nähe zu ebendiesen fremden
die in gestank und düsterem schatten ruhen

ich weiß nicht, was ihn da geritten hat
ob er an einem besonders kalten
regnerischen tag hier gewesen ist
in einer besonders fiesen stimmung

es ist anders
ich sehe das anders
für mich ist es ist eines der schönsten
fleckchen erde
ich weiß
es kostet schon eine ordentliche stange geld
heutzutage
hier beerdigt zu werden
und wenn man in der nähe vom shelley liegen
möchte
wird man wohl noch eine schippe drauflegen
müssen
doch der tod ist noch niemals umsonst
gewesen
und hier ist das geld gut angelegt
für die lebenden, bauschherzig pilgernde wie
uns
und für die hochmütigsten aller katzen
die hier ihr auskommen finden, ihren
lebenszweck erfüllen
hymnisch besungen, bedichtet, gezeichnet,
fotografiert zu werden

die katzen sind wirklich s e h r hochmütig
und unnahbar
sie lassen es den besucher spüren, dass sie
nicht geneigt sind

als ich mich einer auf schnurrhaarbreite
näherte, huschte sie ins buchsgestrüpp
nicht ohne mir vorher einen vernichtenden
blick angeheftet zu haben
ich ließ es fortan, beschränkte mich aufs
bewundern, wie es uns zukommt
es ist doch immer wieder erstaunlich wie
beschränkt wir menschen sind, bleiben,
unverständig, niemals begreifend

cimitero accatolico mit der cestius pyramide

inmitten der tausend geschichten
steht am rand die alte pyramide
wachsen wundervolle bäume
positionieren sich die katzen
ohne untertan zu sein
liegen keine katholiken
in den gräbern deren steine
namen tragen eingemeißelt
dass die schrift ein zeugnis bleibt
für die ewigkeit
überall ist prunk und pracht
aus dem rahmen fällt ein stein
klein und unscheinbar liegt er
auf dem teppich voller moos
weiß mein ganz verstocktes herz
leise anzurühren

bis auf die katzen sind weiter keine
unberührbaren hier
alles menschen wie du und ich
zum beispiel die freundliche alte dame im
souvenirlädchen
die humboldtkinder
james macdonald, der unter piranesis
einziger steinmetzarbeit liegt
(mir vorzustellen - wenn man d e n hätte
machen lassen)
(ganze stadtteile voll!!!)
der unglückliche keats, natürlich
severn, der sich so rührend (und rührig) um
ihn kümmerte
karl philipp fohr, der seine hübsche freundin
malte
inmitten einer landschaft voller rätsel,
reisender
die einer blauen blume hinterhergingen
da, oder auch da
zu sehen meinten

ich meine nicht, dass es so ist
auf dem mars blühen andere gewächse
die haben sehr viel mit torheit zu tun
man könnte auch den alten ausdruck der
tollhäuserei reaktivieren
für eine art der blindgeschlagenheit
des bloßen denkens ohne dem erdachten
näherzukommen

das die menschen infiziert durch alle zeiten
das denken macht das sein
der mensch denkt sich etwas aus um das sein
zu vervollkommnen
schon kommt der pferdefuß nachgehinkt
und zerstört den schönen schein
fortwährend wird das seil des oknos
geflochten
werden danaiden und sisyphusarbeiten
verrichtet

so ein friedhof ist eine erschöpfende
angelegenheit

sie heizt die fantasie an und bringt sie zum
sieden
sie macht die füße müde

wir sitzen zu seiten der grabsteine und lesen
inschriften

schicksale

lewis geoghegan
il bardo errante
es gibt nichts von ihm zu lesen
nichts zu erfahren
als dass er den ganzen tag im café greco saß
mittlerweile eine touristenfalle
noch so ein ort, den wir nicht besuchen
werden

es gibt auch solche, denen das kleinliche
gezerre der staaten ein begräbnis unmöglich
machten
togliatti haben die amis verhindert, also
spucken wir mal kurz auf das grab des
amerikanischen botschafters g.f. reinhardt,
der dies verhinderte, seinerseits aber hier
begraben liegt, einer von denen, die
eigentlich unwürdig sind, aber lassen wir die
toten ruhen
1964 hat das peinliche gezerre
stattgefunden, kalter krieg

wir flechten weiterhin am seil

die gebrochenen steine
auge, wille
ein pinienzapfen
tanz der schmetterlinge in den schatten

nachsehen wer harald jens-peter sandford
ist. ich finde nichts über ihn, der 34jährig
verstorben ist.
wer wohl veranlasst hat, ihn auf diesem
friedhof beizusetzen. vielleicht war es sein
wunsch.

ich stelle ihn mir vor
lege ihm blumen aufs grab
spiele ihm ein lied auf der concertina
voller harmonien in dur und moll
nicht zu lang wie sein leben
vielleicht hört er mich nicht da oben
doch es ist nicht vergebens
mir tut es gut

schicksale

eidechsen, bäume
die den himmel ausschließen
die straßengeräusche
ein leises drama

die mücken nerven
es wird zeit zu gehen
die schatten zu verlassen
in die römische mittagssonne
uns vom verkehr mitziehen lassen

erstaunlich, wie vertraut mir alles ist, wie
ich mich auskenne
es gibt ja nur diesen einen kleinen zugang
zum friedhof, der hoch und dick ummauert
ist
via caio cestio
dort treten wir jetzt wieder hinaus,
gegenüber die einmündung der via paolo
caselli

ich bin hier mal mit google street view
gewesen, damals, als wir den italienroman
schrieben, es sieht genauso aus (und fühlt
sich genauso an) wie damals, dieselbe
melancholische verlassenheit

das sträßchen, das wie verstockt, wie ein
bockiges kleines mädchen um die ecke biegt

hier komme ich, und so bin ich, und nun sieh
zu ...
katzengleich ...
aber genau

ich weiß, dass es keine einbahnstraße ist,
dass es einen schmalen durchgang auf einen
parkplatz geben wird, über den hin wir die
via marmorata erreichen werden

das ist testaccio
der bauch von rom

der schlachthof ist schon lange nicht mehr
auch die roma ist längst ins olympiastadion
umgezogen
doch der flair ist geblieben, dieses
sonderbare etwas, das aus ein paar
zusammengewürfelten straßen eine kleine
welt entstehen lässt, die dich greift, in die
du dich hineingezogen fühlst

das eigentliche viertel streifen wir nur, es
liegt links neben uns, die vielspurige via
marmorata bildet die grenze, ein
unzugänglicher fluss, der das testaccio vom
rom der zaungäste abschirmt

könnte mir vorstellen, dass ich hier wohnen
wollte, falls ich wieder einmal nach rom
käme
falls es nach meinem ableben geschehen
sollte: gerne auch als ratte

noch lieber allerdings: trastevere
dorthin sind wir unterwegs
da müssen wir nur noch über den fluss, den
eigentlichen
der eine kleine enttäuschung ist, wie wir auf
der brücke stehen
schmutzig? nein, das bestreite ich energisch
schmutzig ist er nicht
er trägt doch die berge in sich
schleppt sie dem meer zu, ein beladener

als ob er etwas obszönes an sich hätte
meiden die römer den fluss
hasten über die steinernen brücken
da er nun einmal nicht zu umgehen ist
keines blickes würdigen sie ihn
wir sehen:
seine wasser gehören den möwen
seine ufer den pennern und den fliegen

zum trost:
sein alter macht ihn unerschöpflich

dennoch:
wollte ich ihm ein spiegel sein

jenseits der brücke: steine, alt ohne
gebrechlich zu wirken
der dankbare blick einer frau, die es eiliger
hat als wir, der wir den weg frei machen
wir sind auf dem dorf, dörflich die gassen,
durchfahrten, versteckten innenhöfe

ich weiß nicht, wie es mir gelingen könnte
das gefühl des mauerwerkes zu beschreiben,
seinen geruch, seine farbe, die ausströmende
wärme
diese vor allem, denn
wozu wären mauern da
aller stahl und beton sind ein irrsinn, alle
glaspaläste, alles wolkengetürmte
verschwendeter schweiß, verbrauchter geist
doch hier, hier ist wärme
die sich auf den menschen überträgt
die ihm einen halt gibt, sein bleibebedürfnis
befriedigt

die wärme ist ockerfarben, sandstein, ein
gebuckeltes kopfsteinpflaster
es könnte ein esel neben mir schreiten
auf dessen rücken die heilige mutter gottes
sitzt
die wir vom fluss herauf zur chiesa santa
maria dell´orto geleiten
wo uns die bruderschaft erwartet

mater purissima
mater inviolata
mater amabilis
mater admirabilis
mater pulchrae dilectionis
stella marina
stella matutina

schallt es uns entgegen

die kirche ist tief wie eine erdspalte

kaum verwunderlich lässt sich im dunkel
einer nische das bild einer am boden
liegenden frau erkennen, die eine fledermaus
in der hand hält und von einem stab
durchbohrt wird, der sich als waffe des
apostolischen stuhles erweist

der tötet zugleich mit den gottlosen neuheiten
die häresie, die ganz entblößt der ehrbarkeit
nackt daliegt und wut verspritzt
nach der verworfenen art der fledermaus irrt
sie umher, sich in der dunkelheit versteckt
haltend

wie wir der zugehörigen beischrift
entnehmen können

eine ernüchterung, die den zauber ins
wanken geraten lässt
wir wenden uns zum gehen

wieder draußen:
die wärme ist ockerfarben
unsere haut atmet sie mit, wechselt den
besitzer
in dem maße, wie wir uns wandeln, beleben
wie die straßen wieder belebter werden

via della lungaretta
um die ecke lehnt belli am sockel
den hut tief im gesicht
beobachtet er die straßenbahnen
das treiben an der haltestelle schräg
gegenüber
das cinema reale wirkt wie die filiale einer
drogeriemarktkette
quer über der straße hängt ein transparent:

viva maria
eine farmacia, ein tabakbüdchen,
trödelstände

unsere füße sind müde wie der wolf nach den
sechs geißlein
tragen uns noch nach der osteria rugantino
hinüber
dort sitzen wir auf harten stühlen
doch das essen ist gut wie der wein von
frascati

trastevere, roms altes arbeiterviertel.
nicht nur.
viele randgruppen und juden lebten dort.
heute ein touristenmagnet. durchaus
verständlich. es ist wie eine textilie. lange
getragen. liebgeworden. hier und da das
gewebe schon verblichen. auf dem etikett
steht: pflegeleicht.
zwischen zahlreichen tavernen lassen sich
alte kirchen entdecken.

jenseits des tibers
die taverne
davor wir sitzen
das essen genießen
den wein
den anblick der alten kirche
die einzigartige atmosphäre
der teilweise heruntergekommenen bauten
doch alles fügt sich zusammen
das ist rom
authentischer hier
als in anderen vierteln
die rappelnde straßenbahn brachte uns her
der rappelnde bus
die immer überfüllte metro
alle nehmen es in kauf
als könnte es nicht anders sein
lächelnde touristen
auch wir

die leute vom nachbartisch (norditaliener)
prosten uns zu
eine wienerin
(sicherlich eine freundin der mayröcker)
schnorrt sich eine zigarette

auch wir rauchen, sitzen und schauen

im schatten der kirche sant agata
eine frau wirft die arme zum himmel
ein mann streckt den bauch vor
drei penner auf den stufen lassen eine
flasche rumgehen
sie sehen wie engel der vergebung aus

nicht der petersdom
die kirche
deren öffnungszeit
genau eingehalten wird
die breite treppe
mit dem souvenirstand davor
heute sonnenbeschienen
dass der innenraum der basilika
dunkler erscheint
die säulen geheimnisvoller
die blicke fokussieren sich allmählich
auf wände und kuppel
voller gemälde
dermaßen plastisch
dass man meint
neue räume täten sich auf
sie zu betreten
spannender als ein schauspielhaus
da die bühne sich immer weiter öffnet
in die vergangenheit
ohne vorhang
spielt fantasie
mit dem schleier der erinnerung
wie war das noch
als man es kennenlernte
mysteriöses zur mystik geworden
die weihwasserbecken
zur bekreuzigung
das taufbecken
zur christwerdung

befreit von der erbsünde
sünder geblieben
beichtstühle stabil genug
selbstbeschimpfung zu ertragen
vergebung der sünden
durch seine weltlichen vertreter

ehre sei gott

nicht

ehre

sei gott

die stadt hat steine
die stadt hat mauerwerk
die stadt ist ein gleichnis
ein lächeln im gesicht des kochs
um 2 uhr mittags
hat er sich frei gestrampelt auf einige
minuten
raucht er seine zigarette

il vero tiempo

cadenza: santa maria in trastevere

ein kleines wippen mit der hahnenfeder
lässt das würdige weißhaupt auf der kanzel
ins stottern geraten
ein tuscheln durcheilt die reihen der
gläubigen
ich erfahre, dass mir sämtliche sünden
vergeben sind
ich erhebe mich
ich nehme es mit

alle tragen sehnsucht in sich.
schalverkäufer. rosenverkäufer.
glücksbringerverkäufer. musikanten.
auch wir, die wir ihnen abweisend begegnen.
nicht belästigt zu werden, schauen wir weg.
nur bei der einen bettlerin nicht. die allzu
erbarmungswürdig. zusammengekrümmt. vor
der kirche mit nackten füßen auf kalten
fliesen. sie segnet jeden. auch den, der sich
nicht ihrer erbarmt.

abends:

leggero
über die speisekarte streichen
den stein betrachten
der die serviette beschwert
der stein, ein trüffelgleiches
das nach waldboden duftet
das frohlockende grunzen
eines schweines hörbar macht

wind
der flügelschlag einer taube
die melodie einer polizeisirene
sieben stockwerke tief und
drei straßen weiter
habe ich sie aus dem gedächtnis verloren

(es gibt so viele glocken in rom)

als ich das gedicht dachte
war der abend so wundervoll
dass ich mir sicher war
ich hätte es für immer
in meinem kopf
ohne wendungen geradeaus
doch dann begann es
kurvig zu werden
ich suchte vergeblich
nach dem gedicht
hätte ich es doch
gleich aufgeschrieben
was du in mir auslöst
ist mehr
als ich erwarten konnte
das flackernde licht
der lichterkette
gegenüber in der coffee bar
in der es auch wein und bier gibt
die vespa neben mir
als trennte uns nicht
der begrünte topf
die augen zu schonen
vielleicht die blicke
umzuleiten
im unsichtbaren zu lesen
im klange der ewigen stadt

die tauben sind da. gehören dazu am
morgen. wenn sich die nachtgespenster
verabschiedet haben, um sich beizeiten auf
ihren erneuten einsatz vorzubereiten.

der kleine spatz
singt mit dem kellner um die wette
eine einzelne
weit geöffnete hibiscusblüte
verschließt sich nicht
dem heute kräftigen wind
bietet ihm paroli
leuchtet
so unwiderstehlich schön

campo de fiori

von hinten wie von vorne
er sieht finster aus
was einfach daran liegt, dass der himmel sich
ausgerechnet in dem augenblick verdunkelte,
da wir den platz betreten
savonarola ... höre ich jemanden (einen
offenbar unvorbereiteten touristen) in der
menge sagen
doch so ganz falsch finde ich das gar nicht
auch der könnte es sein
auch das war so einer
der die wahrheit, seine wahrheit, gefunden
hatte
und aller welt zu wissen und zu erfahren gab
ohne rücksicht auf sich noch andere zu
nehmen
sie waren es, die die unbedingtheit der idee
erfanden
mit der sie die einkapselung des mittelalters
abstreiften
ihre weich gehüllte schale sprengten
ob zum guten, zum besseren
ist noch lange nicht entschieden
es ist ein harter kern hervorgetreten
mit dorn und stachel

das sticht fort

der dort steht
inmitten des platzes
umgeben von pasta und gewürzständen
espressomaschinen und giftgelben
limoncelloflaschen
dessen gesicht im schatten der kapuze
verborgen liegt
der entsprungene klosterbruder
dieser, der dort steht
der das kruzifix von sich wies
der, wie es sich 60 jahre später mit borri
wiederholen sollte
an den kirchenstaat ausgeliefert
jedoch weniger glücklich
dem scheiterhaufen überliefert wurde in
persona
wohl, weil die inquisition nichts anderes mit
ihm anzufangen wusste
letztlich aber auch, weil er es selbst so
gewollt hatte
weil er sich selbst längst einen neuen
planeten gesucht
und, wie ich hoffe, auch gefunden hatte
außerhalb, ganz weit fort, in der
unendlichkeit

wahrheit und beharren
hier stehe ich
und für wen
oder was
spielen wir das spiel

für niemanden, sage ich

die erde dreht sich ein stück weiter
und die wolken sind fort

nein
sagte der engel
die stadt weinte
hatte er ihr doch
seine hilfe versprochen
als die gewohnheit
noch nicht eingekehrt
zeigten sich täglich
neue wunder
erforschten sich
viele möglichkeiten
widersprachen
empfohlenen richtungen
machten das denken
kreativ
zweifel stellten
ihre fragen
nein
sagte der engel
der ganz anders war
als man sich ihn vorgestellt
ja
sagt die stadt
ganz resigniert
und fortan dauert
die ewigkeit

wir lehnen am brunnen, rauchen, und lehnen
die straßenverkäufer ab

er steht da
fremd und unheimlich
auf dem platz, der seiner ist, der seine asche
trägt
er steht da, wie von einer hohen und dichten
dornenhecke umgeben
ich finde keinen zugang zu ihm
aber er ist ja auch auf seinem stern
wir gehen zum fluss hinunter
streifen den palazzo farnese, worin sich die
franzosen verschanzt haben
(sämtliche parterrefenster sind zugemauert)

es scheint ein sperriger tag werden zu wollen
auch was den fluss angeht
der gestrige eindruck, der blick von der
brücke
bestätigt sich auch unterhalb, ja bereits auf
dem weg dorthin
die bröckeligen stufen abwärts durch müll
und schutt
der uferstreifen ist breit, gepflastert
in jeder anderen stadt würden imbiss und
souvenirbuden dicht an dicht stehen
ein menschengeflute, hier
ist nichts
fast nichts

ein mann, der seinen hund spazierenführt
ein anderes touristenpärchen, ähnlich
verwunderte
die penner, die hier ihre matratzenlager
aufgeschlagen haben, sind anderswo
beschäftigt
sie werden dem fluss dieselbe
gleichgültigkeit entgegenbringen wie die
anderen römer auch
der fluss schäumt in fiebrigem grün
wozu die schmeißfliegen und glasscherben
die passende ergänzung abgeben

an einer ehemaligen landungsstelle lassen wir
uns nieder, rauchen eine zigarette
die mücken saugen uns aus
vor uns wölbt sich die brücke der quattrocapi
wir sehen sie
sie sehen uns
obwohl sie es gar nicht dürften mit ihren
zerfressenen augen
werfen sie die angel aus
wie die befana ihre calzette

wir steigen eine überwucherte treppe hinauf,
es bröselt, es stinkt
die capis sind langweilig, wir stellen uns an
die nächste bushaltestelle und fahren
irgendwo hin

dieses irgendwo spült uns am corso aus
wir werden fließkörper eines
menschenstromes, der uns einzieht wie in
eine kanüle, uns mit sich reißt und am trevi
ausspuckt, noch
so einem ort, zu dem wir niemals hinwollten
nun hat es uns erwischt, vermeidlich
leichtfertig
wir nehmen es als eine philosophische
grundposition
was hat uns hierher geführt?

in einem menschenstrom
gefangen
von der wuchtigkeit
des trevi brunnens
in seinem wasser
geht die hoffnung
hineingeworfener münzen
baden
wir werfen nicht
küssen uns lieber

wir betrachten die menschen, die teils
zufrieden, wenn nicht gar glücklich, teils
verstört erscheinen

ich schließe mich ein
bezweifle die glaubwürdigkeit des brunnens
lasse allein die sicherheitskräfte gelten
die um ihre wiederkehr wissen
die morgen genau wieder diesen posten
beziehen, miteinander rauchend worte der
langeweile wechseln werden, dienstschluss
herbeisehnen

warum sind wir hier?
weil es alle so machen

obwohl wir nichts auf facebook posten
werden
wie die ältliche australierin, die jeden
morgen am frühstückstisch den kellner die
auswahl ihrer fotos treffen lässt
und mein freund luigi, wird sie
dazuschreiben, hat noch dies und jenes
erwähnt ...
ich darf es keinesfalls versäumen, hörte ich
sie heute früh zu ihrer nachbarin sagen, in
einem ton, der keinen zweifel daran ließ,
dass sie der menschheit einen wichtigen
dienst zu erweisen habe
es gibt nichts daran auszusetzen

die katholische devotionalienhandlung
gegenüber dem militärposten ist eine
enttäuschung, wir beschließen zu gehen,
biegen in die via del lavatore ein
es geht zum quirinal
bergauf, bergauf

an der ecke der vier brunnen kommen wir
wieder zu atem
es hat sich wie eine flucht angefühlt

wir verschnaufen
unser bewusstsein regt sich, spricht ein
weiteres mal von einem sperrigen tag, den
wir nunmehr als gänzlich verschossenen
erklären
das soll es geben, nicht weiter schlimm
wir wollen uns einen park suchen gehen, eine
bank, die füße ausstrecken, rauchen
dem bewusstsein über die schulter blinzeln

im kleinen park von sant andrea

am spielplatz
die großeltern und ihr enkelkind an der
rutsche
die kleine ist unermüdlich, der großvater,
der ihr hinaufzuhelfen und sie in empfang zu
nehmen hat, beginnt ansatzweise zu
schwächeln und vorsorglich ein bedauerndes
lächeln in die mundwinkel zu schieben
wir senden ihm ein einverständliches lächeln
zurück und gewähren ihm absolution
vergebens
die kleine ist, wie kinder es sind, unerbittlich

der brunnen
ein moosüberwachsener fels
wir stellen uns die frage, wie lange es dazu
gebraucht haben mag ihn so vollständig zu
bedecken, wieviele moosgenerationen ihre
rhizoide ausgeschickt und fortgetrieben
haben werden
die kühle, die sie sich dabei geschaffen
haben, spannt sich wie ein bogen zu uns
herüber, das wasser des brunnenbeckens ist
an manchen stellen über die einfassung
getreten, pfützen bilden sich, rinnsale, ein
gelbes band, ´attenzione´, hält eine grüne
wiese abgesperrt

dort
sitzt ein hund, der sich die genitalien leckt

wenn ich mich so umschaue
wenn ich meinen kopf etwas drehe und auf
die via genova hinunterblicke
erscheint mir rom wie ein verschlafenes nest
das übergangslos in dornröschenschlaf
versinken könnte
die hecke würde die alten steine
überwuchern
alles wäre gut ...
schlafen, schlafen ...

die monster sind verbannt
scheußlichkeiten aus stahl und beton
in die vorstädte verbannt
aber auch dort sind es keine
himmelhochragenden sühnefinger wie in den
anderen metropolen
sind nur die üblichen grausamkeiten gegen
die menschen, nicht gegen die augen
die bleiben verschont

schlafen, schlafen ...

beruhige dich, mama roma
die hunde der revolution beißen nicht mehr
hingegen heißt es, dass onkel benito wieder
über dich wacht
jeder, der zur piazza venezia kommt, wird es
bestätigen können
sein altes arbeitszimmer ist wieder hell
erleuchtet
bei nacht

geister, die sich unberufen einstellen ... die
kamen, blieben, weitergeistern ...

mach es wie onkel benito, haben sie der
bürgermeisterin zugerufen
als afrikanische drogendealer ein junges
mädchen vergewaltigten, umbrachten
mach es wie onkel benito ...

rom ist darüber hinweggegangen, in sich
versunken, selbstvergessen
sogar die feuerwache schläft, erst recht
die parfümerie, der babyausstatter, das
dessousgeschäft

roma
l´altra bellezza

die andere?
welche noch?
und warum genügt nicht
die eine

genügsame

den seinen gibt`s der herr im schlaf

der mini market hat dank meiner idee die
haare hochzustecken, gute geschäfte
getätigt. ein paar klammern und gummiringe
kosten ein vermögen. es sei ihnen verziehen.
mein vorhaben jedenfalls gelingt.

die sonne ist untergegangen
das warme gelbe licht
der straßenlampen
das schöne haus schräg gegenüber
trägt beleuchtete balkone
vor sich her
die verstopfte straße
nimmt nichts weg
von der
schönheit
ringsum

abends: im charity café
von 9 bis 12
blues und pop von andrea angelini
cocktails mit rum und cachaça
die aller zeiten beste version von halleluja
whiskey vor dem heimweg (bergauf!)

staccato
hupkonzerte
wenn es ins stocken kommt
wenn die bewegung aufgehoben
nährt sich der zweifel

gute nacht

die kirchen, die wir besuchen wollten, haben
über mittag geschlossen
der park oberhalb vom kolosseum, wo der
nero seinen goldenen palast stehen hatte
ist eine heruntergekommene katastrophe
lagerplatz für die taschendiebe, die hier ihre
beute verteilen
wir lassen sie mal in ruhe und setzen uns ins
caffè dello studente
was so heißt, weil es in der nähe der
sapienza liegt
genauer: dem dipartimento der ingenieure
bei denen es sich vermutlich nicht um die
aufregendsten zeitgenossen handelt
das caffè aber ist ganz nett soweit, wir sitzen
draußen und füttern die spatzen
nicht aber den harmoniumspieler, der unsere
ohren quält
er wird uns verflucht haben
aber solche flüche begleiten einen viele im
leben
vor der kirche des heiligen paulus in ketten
wird bestimmt ein altes buckliges
mütterchen auf uns warten
(so wie es vor der santa maria in trastevere
eine tat)
die soll etwas bekommen und uns gottes
segen geben

die alten mauern bröckeln vor sich hin
die taschendiebe pinkeln dagegen
der himmel macht blau
die sonne wirft licht in die bäume
die kleinen sträßchen, treppen und gässchen
(es ist das stadtviertel rione i monti hier)
(wobei das monti unbedingt wörtlich zu
nehmen ist)
haben sich in ihren eigenen schatten
zurückgelehnt, wirken erschöpft
es ist mir bisher gar nicht so aufgefallen
ich denke aber, dass es ihr normalzustand ist
es ist auch keine schlimme erschöpfung,
keine krankhafte
im gegenteil, sie hat etwas sehr laszives

das dazwischen: die lädchen
wo wir die zweirädrigen kleinen dinger
aufgereiht sehen
mit denen man sich durch den verkehr
schlängeln kann wie sonst gar nicht
(wenn man lebensmüde genug ist)
(wenn ich hier leben würde, wäre ich es)
(ein winziger topolino wäre aber auch nicht
verkehrt)
gleich nebenan das pianogeschäft, der
bilderrahmenmacher, das schicke, sicher
perfekt klimatisierte büro, in dem die teuren
macs stehen, verwinkelte, im halbdunkel
verschwimmende autowerkstätten

es gibt alles, es gibt wahrscheinlich noch viel
mehr als ich mir überhaupt vorstellen kann

in der kleinen kapelle s. pietro in vincoli mit
dem schönen marienbildnis
findet eine messe statt, eine kleine, private
eine reisegruppe aus mittelamerika ist es,
hauptsächlich frauen
die ihren eigenen priester mitgebracht haben
wir, die wir ganz von der maria
wolkenschönheit gebannt standen, treten
einige schritte beiseite, damit sie unter sich
sein können
sie singen so schön
sie singen mit solcher inbrunst, dass uns die
tränen kommen
diese freude, dieser freudige glaube in ihren
stimmen!
sie haben bestimmt lange auf diese reise
sparen müssen, nun sind sie am ziel
wir freuen uns mit ihnen

der engel von s. pietro in vincoli

solch einem engel begegnet man nicht alle
tage

es ist der engel, der petrus von seinen ketten
befreite
das geschah in jerusalem
der engel aber ist ein italienisches mädchen
das domenichino malte, es wird so um 1600
gewesen sein
von domenichino stammt auch das mädchen
mit dem einhorn, das im palazzo farnese zu
bewundern ist
die beiden könnten schwestern sein
sie könnten die freundin, die frau, die
tochter des malers sein
ein italienisches mädchen
das wunder vollbringt
das ketten löst
und traurige einhörner tröstet
das gibt es
das kann sein

dass jenseits aller wunder
etwas wunderbares ist

was noch?
nikolaus von kues liegt hier begraben
(abzüglich seines herzens, das man an die
mosel verfrachtete)
es war seine kirche
die letzte der vielen, für die er zuständig war
von hier zog er aus, um in den sümpfen das
fieber zu kriegen
bis zuletzt im dienste der mutter kirche, der
er nichts schuldig blieb

was mir zu cusanus immer einfällt, ist die
schiffsreise, die ihn, unter begleitung der
beiden griechischen philosophen gemistos
plethon und bessarion von nicäa, im winter
1437/38 von konstantinopel nach venedig
führte
die gespräche, die auf dieser reise geführt
wurden, sollen ihm den stoff für die
niederschrift des gelehrten nichtwissens
geliefert haben

da möchte ich doch gerne die schiffsmaus
gespielt und gelauscht haben
fürchte nur, dass es aus mäusesicht nur
wieder auf das eine und ewig gleiche
hinausgelaufen wäre:

menschen, die sich aufs eis begeben und
lauthals verkünden, dass sie nun auf dem
wasser wandeln könnten

aber ja doch, denkt sich die maus: der eine
schielt einfach, der zweite doppelt und der
dritte dreifach

die bucklige alte hat es nicht gegeben
dafür einen bettler vor santa prassede
der dort schon saß, als wir vor drei stunden
daran vorübergingen, als die kirchen noch
geschlossen waren

dieser hier wird aber
(da bin ich mir ziemlich sicher)
nicht für uns beten, was ich allerdings ganz
in ordnung finde, denn
ich möchte gar nicht, dass einer für mich
betet
man weiß dann nie, was mit einem geschieht

womit fange ich an? was ist mir besonders im
gedächtnis?
sind es die nur zu gewissen zeiten geöffneten
kirchen?
vergeblich hoffen wir auf einlass. kehren zu
einem späteren termin zurück sie dann doch
zu besichtigen.
neros palast. die pizza, die wenig kostet,
weil sie als klein bezeichnet wird. die aber
aus zwei teigtaschen besteht, die locker eine
mehr als große pizza ausmachen.
die schöngewachsene pinie, deren anblick
mir die wartezeit verkürzt.
ist der rucksack erwähnenswert, in den wir
belegte brote und kuchen vom
frühstücksbüfett packen.
aber vielleicht ist es doch das lied, das
gestern der großartige gitarrist und sänger
andy gesungen hat. das hallelujah im charity
café. weil es zum ohrwurm wurde bei mir.
oder der arme moses mit den hörnern. zu
diesem attribut durch einen
übersetzungsfehler zu gelangen, was für ein
pech! er hätte ein strahlemann sein können.
und michelangelo hätte ihm mit sicherheit
die allerschönste strahlenkrone aufgesetzt!
aber so ist das mit der bibel. wer weiß, was
luther uns aufgeschrieben hat, obwohl er
unbestritten ein großartiger übersetzer war.
nur mit dem hebräischen kam er nicht so
hundertprozentig klar.

denn dass man durchaus töten darf, nur
nicht morden. hat der sprachgewaltige so
nicht mitbekommen beim übersetzen.
die kirche mit dem besuch der mexikaner,
die vor dem altar der gottesmutter eine
messe abhielten. soviel inbrunst berührte
uns.
st.peter in den ketten.
santa prassedere, die alte kirche mit dem
wunderschönen mosaik.
wie gut, dass alles erhalten wird.

est! est!! est!!!
wir sitzen wieder im ristorante pizzeria.
die lasagne schmeckt ausgezeichnet.

perfetto, sagt er und schmunzelt vergnügt.
das morgige programm ist fertig.
straßenbahnfahren ist angedacht. zumindest
zum jetzigen zeitpunkt.
es kann sich vieles ändern. auch, und vor
allem ein programm.

abends: gegen 8
wieder führt ein autokorso durch unsere
straße
wir sitzen unbeirrt draußen
est! est! est!
so heißt das restaurant, nur wenige schritte
von unserem hotel entfernt
kein kulinarischer tempel, ganz sicher nicht
doch pfiffige kellner und besonders die eine
kellnerin
wir vergessen ihnen nicht, dass sie uns
vorgestern, als wir spät von einem
nächtlichen gang durch die straßen
zurückkehrten, noch etwas zum essen
zubereiteten, eine vorzügliche pizza, die
können sie, der teig ist fabelhaft, wir essen
sie auch heute, trinken einen roten wein aus
der romagna
die straßenhändler sind eine schicksalhafte
beigabe, an die wir uns gewöhnt haben,
afrikaner, die billige schals und handtaschen
anbieten
dazu rumänen, die als musikanten unterwegs
sind, wenn man sie denn als solche
bezeichnen sollte, wenn sie denn musik
machen könnten, es ist ja in deutschen
großstädten nicht anders
sie sind unbeirrt unbeirrbar, bedingungslos,
als ob sie ein ungeschriebenes gesetz zu
vollstrecken hätten

sie sind auf ihrem platz, wir auf unserem
und entweder man wechselt auf ihre seite
oder zahlt dafür
die welt ändern wir nicht

umso mehr erfreuen wir uns der jungen
pärchen, die eng umschlungen auf ihren
piaggios durch den verkehr balancieren
unten am tiber sahen wir ein mädchen, das
im dicksten gewühle ihr handy bediente,
gewagt und bewundernswert gymnastisch

niedlich sind die wagen der müllabfuhr
die gibt es in den größen xxs bis m
für alle straßen und gässchen das geeignete
modell
die sind früh abends schon unterwegs und
fahren die ganze nacht hindurch
die geschäfte und restaurants stellen ihre
müllbeutel an den straßenrand
schon werden sie aufgeladen und
weggefahren
ein perfektes system

sie fahren durch die nacht
sie fahren durch meinen schlaf
ich möchte sie nicht missen

es ist kein stern zu sehen
der himmel hält seine augen verschlossen
der dom wirkt nüchtern
ernst und dunkel
die einsicht der menschen
ohne tagesleuchten
in sich gekehrtes
bleibt wo es ist
keine katze sichtbar
deren funkelnde augen
ablenken könnten
vom schweigen
des ewigen
erinnerungen
als trugschlüsse
blicke
die sich nicht auftun können
weil die nacht
zu dicht
innen und außen
zu unterscheiden

später: am fenster
stimmen
sprachen
tauben
lichter
lichter abend
schwarze limousinen des grauens
ein ungeschlachter kerl in blauer
sportkleidung
der sich an einem auto zu schaffen macht
ungewiss, ob es das seine ist
die wirklichkeit sähe anders aus
wenn sie nicht aufgehoben wäre
wenn sie sich nicht in die trattoria esedra
verkrochen hätte
einem stockfinsteren hohlraum, der sich
auf eine veranda öffnend, die
von halbkreisförmigen steinbänken umgeben
zu ruhe und philosophischen gesprächen lädt

ein pendel schwingt über der straße
ein beil, das jederzeit niederfahren kann
jedes wort kann ein beil sein
in jeder sprache

der morgen kommt mit dem heiligenschein
der lucia
stützt sich auf die sichel des mondes mit den
füßen der maria
trägt das lächeln der putten von santa
prassede im gesicht
schreitet über die straße wie der pestbote
des antoniazzo romano

ach! was für ein herrlicher tag anbricht
der himmel ist ungetrübt
die möwen lachen von den dächern
die tauben finden ihren teil

ich spreche keine beilworte
heute nicht
und warum sollte ich es überhaupt tun
es gibt genügend andere, verblendete
das einzige, was mich blenden könnte, wäre
die sonne
ich blinzele in die weinreben, den oleander
rauche und trinke den dritten kaffee des
morgens
einen crema mit doppeltem espresso
meine spezialmischung aus der maschine, die
im frühstücksraum steht

ich blicke über die dächer roms
da sind so viele antennen
botschaften zu verbreiten, ich
beschließe ich
werde der bote des lichtes sein
keine ketten
keine blutschalen
keine sünde
ich bin nicht beladen
und lade niemandem etwas auf

später vormittag:
bei feltrinelli gewesen
enttäuschend, was die internationale
abteilung anlangt, die italienische dagegen
war ganz in ordnung
feltrinelli scheint das italienische thalia zu
sein, ist aber einen guten ticken besser, auch
wenn diese filiale hier nähe diocletiano und
termini eine vorzeigebuchhandlung sein
sollte

weil wir früh dran waren, sind wir gleich in
die santa maria della vittoria weiter, bevor
sie ihre mittagsruhe halten

mein lieber jolly!
das nenne ich mal barocke übersteigung
da haben sie's aber wissen wollen

davor, oder vielmehr - auf der anderen
straßenseite
der via vittorio emmanuele orlando, der
piazza san bernardo zugeneigt
die fontana del mose
das ist auch so ein ding
und der moses ein hammer
sieht wie das vorbild für eine fantasyfigur aus
der zwergenkönig, jedenfalls
einer, der sich wichtig meint
und doch ein wenig lächerlich rüberkommt
hörnchen hat er auch
es heißt, dass der bildhauer sormani sich aus
scham über die kritik, die er erfuhr, das
leben nahm
ich glaubs ja nicht
schließlich gab es wasser
ich möchte nur wissen, wo die löwen
herstammen
aus dem pantheon, heißt es
doch wo hat das pantheon die her?
sie werden wohl altägyptisch sein
die hieroglyphen auf dem sockel scheinen mir
echt
die hätten sie nicht so nachahmen können
(wenn ich mir überlege, was der athanasius
kircher sich so abgebrochen hat)

...TRO ODESCALGHI VIRO PRINC PRAES
LAVRENTIO... AGROANDI
VINCENTIO PERIGLI
BARTOLOMEO CAPRANICA
IACOBO PALAZZI
ALEXANDRO TAVANI
BARPTOLOMEO BELLI   VIII VIRIS
IOANNE BAPT BENEDETTI   VRB CVR
IOSEPHO PVLIERI

ich habe sie mir aber nicht lange genug
betrachten können
von wegen gedränge und verkehr
und wir wollten ja auch in die kirche

man sitzt und fühlt sich befremdet
das ist schön
man kann sogar ein wenig staunen
dann fühlt man sich nur noch abgestoßen
und will weg

andererseits denkt man an die, die das hier
geschaffen, die hier gearbeitet haben
ob sie anständig bezahlt wurden
ob sie etwas zu lachen hatten
ob es für sie ein job war, eine qual oder
standen sie voll dahinter?
waren sie so, so, genau so -
katholisch
besessen von ihrem glauben
vittoria am weißen berg
tod, leid und elend für generationen
gefeiert
wir mögen es nicht
wir gehen

die santa susanna der zisterzienserinnen hat
zu, renovierungsarbeiten
wir queren den platz und finden eine kirche,
die wir gar nicht auf dem zettel hatten
san bernardo alle terme: ein schatz, ein
juwel
reine luft, licht zum atmen
ein erleichtertes: ah!
dass die augen keine schmerzen leiden
dass ein klarer geist in den mauern stecken
könnte

dem galen hat man eine erinnerungstafel
gesetzt
der overbeck liegt hier begraben

ich traue ihnen ja nicht über den weg, den
romantisch konvertierten
aber er konnte was
vieles, alles, einiges, ich will es nicht
entscheiden
jedenfalls, das portrait, das er von seinem
freund franz pforr malte, ist einfach
großartig
besonders die katze ...

und dann gibt es natürlich auch noch italia
und germania
diese beiden schwestern
die nur selten so liebreizend zueinander
waren
wie sie auf dem bild dargestellt werden
falls mich nicht alles täuscht, falls sich nicht
irgendwelche nicklichkeiten darin verbergen
…

schluss mit harten kirchenbänken
zurück nach hause
die dachterrasse wartet

unterwegs: eine entdeckung
in einer kleinen einkaufspassage, in die wir
mehr zufällig eingebogen waren:
d a s antiquariat
wir stöbern, staunen, freudige erregung
schichten türmchen auf
minimieren sie wieder
fangen das bauwesen von neuem an
müssen uns bös beherrschen
kaufen schließlich mit augenmaß
römische mysterien (simboli, miti e misteri)
und kuriositäten (storie, aneddoti - tradizioni
e monumenti)
roma nella memoria
giorni, luoghi, incontri, prodigi del passato

die bücher sind alle auf italienisch
was uns ungeahnte möglichkeiten in aussicht
stellt

wir können
verdrehen, verbeulen
verschnebeln nach herzenslust

wir können
den vorhang beiseite schieben, einen blick
auf das funerale di un cardinale werfen und
bei dieser gelegenheit in erfahrung bringen,
dass der ritus hierfür das entzünden von
genau 110 großen kerzen verlangt

der enthüllung eines neuen straßenschildes
beiwohnen, der nunmehrigen via dei tre
ladroni in die taufe helfen, die gläser heben
auf den zukünftigen stammsitz der banco
truffa nazionale

die tauben wiehern vor vergnügen
wir sind wieder auf dem dach
im fernsehen laufen die letzten
pressekonferenzen von lazio, der roma
in endlosschleife
selbst die kellner ziehen achtlos daran
vorüber

der frascati ist unverwüstlich

die sonne strahlt
der himmel blaut
sirenen in den straßen
tauben auf dem dach
es bin ich, der erwacht, nicht rom
das niemals schläft
die müllautos sind ja immer unterwegs
die straßenhändler
wissende
irgendeiner wird schwach werden
ein stein wird sich erweichen
eine idee auferstehung feiern

zu blind für die schönheit. an diesem tag,
der nichts will als beschwerlich sein, wegen
der unerwarteten hitze. doch dann die
wende. der fehlende schlaf macht sich nicht
mehr bemerkbar, als wir in der pizzeria
cetto sitzen. die äußerst zuvorkommenden
kellner. der ausreichende platz am tisch. wir
können unsere bücher ausbreiten und
schreiben.
es bleiben uns noch zwei tage bis zum
rückflug.
wir besuchen feltrinelli, die internationale
buchhandlung und sind enttäuscht.
erst später, als wir einen kleinen laden
entdecken, finden wir ein paar schöne
bücher zu akzeptablen preisen.
die teuren geschäfte am fuße der spanischen
treppe. tiffany, versace usw. doch nicht der
name macht schön. gefallen macht schön.
und was wir sahen gefiel uns meist nicht.
der gedanke an die katzen vom friedhof lässt
mich nochmals die fotos betrachten, die ich
von ihnen gemacht. eine schöner als die
andere.

spagna

wer hier nicht war
ist nirgendwo gewesen
wer sich hier blicken lässt
findet aufnahme im buch des menschwesens
was wir sind, findest du hier
was wir sein werden
am rand der steinernen barke
auf den stufen unter versaces schattenden
markisen
tiffany hinter panzerglas
diesel is dead
das beste eis roms
also italiens
also der welt
gibt es in der kleinen schmutzigen gasse
die zur metrostation führt
das stellst du fest
weil du die passage in die unterwelt scheust
dir stattdessen ein eis kaufst
auf den platz zurückkehrst
und dich zu füßen einer palme niederlässt
es wird jemand gitarre spielen und die alten
lieder singen
es wird jemand seine hunde spazierenführen
die blaue und rosa schleifchen tragen
deine finger werden klebrig
und du wirst sanftmütig werden

es scheint etwas unaufhaltsames auf dich
zuzukommen
doch du scheust noch immer den gang in die
unterwelt
findest dir einen ausgleich in der casina rossa
wo es erstaunlich leer ist
wenn du bedenkst, welch ein betrieb
nebenan herrscht
selbst tote dichter haben keine konjunktur
du findest bilder, die du kennst
bücher, die du liebst
stellst fest, dass trelawney eine
sympathische schrift hatte
du stehst in einem zimmer mit aussicht
und einem bett, in dem ein junger mann lag
der keine aussicht mehr hatte
du kaufst dir einen band aus der everymans
library zum andenken
einen buntstift und einen kugelschreiber
verschmähst hingegen das t-shirt mit der
nachtigall
hier ist kein feenreich
es rauscht kein kühler bach
du verabschiedest dich mit einem lächeln für
die verkäuferin
gehst die enge stiege hinab
kehrst zurück in den tag
dessen sonnensegel volle fahrt aufgenommen
haben

das leben ist ein breiter fluss
der noch immer in die unterwelt führt
diesmal gibst du nach

wieviele worte die stadt wohl auf lager hat.
wieviele taten erwuchsen daraus.
die stufen der spanischen treppe von
menschen belagert auf ihnen zu ruhen eine
weile. beleuchtete farben je höher man
sieht.
tauben die hunger haben. es würde chopin
hierherpassen. alles aufzuwühlen.
in das kleine shelly keats museum passte er
eher nicht. darin würde sich bach gut
machen. wie er keats beim sterben
begleitet.
bleibt ein trog voller gefühle zurück.
versteckt sich hinter verblassten büchern.
die uns anstecken mit ihrem trost. auch
zwischen verbogenem leben liegen
überreichlich träume.
ein wehes herz sollte in die kammer gehen.
die tür hinter sich verschließen.
bis die luft sich wirbelt, die inseln
freizublasen vom sand der erinnerung.

unsere dachterrasse ist ein irdisches paradies
das etwas langweilig werden kann
nach dem frühstück sind wir alle satt
nur ab und zu noch schaut eine taube vorbei
verliert sich ein spatz im oleander
wir lehnen schläfrig im schatten
rom?
das sind geräusche
und -
bereits jetzt -
erinnerungen
gerüche und augenaufschläge
marmorierungen
ein blumenkübel am ende der gasse
japanische touristen
die ihre rucksäcke vor der brust tragen
wahrscheinlich hat man ihnen erzählt
dass alle römer gangster sind
nun schrecken sie auf
wenn die kellnerin sie anspricht
ganz anders der mann aus sheboygan,
wisconsin
der aber auch 2 meter groß und 180 kg
schwer ist
der lacht über den zwar ebenfalls nicht
niedrigen
jedoch deutlich leichter gewachsenen kerl in
mali-tracht
der ihn vor dem hotel anspricht, dem seine
schuhe gefallen

nein, die bekommt er nicht
der mann aus sheboygan ist sich da ganz
sicher
er will essen gehen
eine ordentliche portion fleisch
die wird er finden
instinkt ist instinkt
ich hätte ihn in ein gespräch über die packers
verwickeln sollen, fällt mir ein
aber im fahrstuhl vorhin war es so eng
gewesen
er nahm mir fast den atem
ich weiß gar nicht mehr
ist das gestern gewesen
oder geschieht es heute abend
wenn wir abschied nehmen
und einen riserva der società agricola l'antica
fornace di ridolfo aus gaiole in chianti trinken
werden
ein erlebnis, das aufzuzeichnen sich
lohnen wird, in erinnerung behalten

lichtstreben
das alte haus hat quader
säulen, pilaster
das alte haus hat eine silhouette
die den himmel schneidet
wie ein brotmesser, unbarmherzig
und effizient

ob man dort oben auf dem dach
gedichte schreiben kann
oder nicht doch besser die fattura liest, die
wie ich mich habe belehren lassen
nichts in der gastronomie zu suchen hat
wo man sein conto schließt
später in der nacht

corelli hören

wir sind in den palazzo pamphili geladen.
ein diener des kardinals nimmt uns in
empfang und führt uns in den salon.
wir werden einem unbequemen, mit blauem
samt bespannten sofa zugewiesen.
es werden vanillekipferl zu grünem tee
gereicht.
bereits nach dem dritten kipferl öffnet sich
die tür einem etwas nachlässig gekleideten
jungen mann mit aufgedunsenem gesicht,
über dem sich eine perücke stülpt, die
aussieht, als würden sich zwei otter zanken.
er bleibt im türrahmen stehen und
betrachtet sich das terrain wie der feldherr
nach verlorener schlacht. schließlich setzt er
sich quer durch den raum auf uns zu in
bewegung, rückt sich dicht neben mir einen
stuhl zurecht und nimmt schwerfällig platz.
laut schnaufend durchwühlt er die verbeulten
taschen seines abgewetzten roten
brokatfrackes, zieht eine schnupftabakdose
heraus, genehmigt sich eine kräftige prise,
woraufhin er heftigst niesen muss.
gesundheit! schlüpft es mir heraus.
verbindlichsten dank! sächselt es zurück.
ein gespräch, das sich eventuell hätte
anbahnen können, wird durch das auftreten
des maestros und seiner musiker
unterbrochen.

gegeben wird die ouvertüre zu il trionfo del
tempo e del disinganno.

das schnaufen des jungen mannes steigert
sich auch ohne weitere schnupftabakzufuhr
im minutentakt.

schließlich hält es ihn nicht länger auf seinem
stuhl. er springt auf, entreisst dem maestro
die violine und fährt in einem stakkato
dazwischen, das sich gewaschen hat, wobei
er immer wieder ein so, und so, und so muss
das gespielt werden, herausprustet.

der maestro lässt es für eine weile geduldig
geschehen, dann entwindet er die violine
vorsichtig seinen fingern und sagt mit mildem
lächeln: ma, caro sassone, questa musica è
nel stylo francese, di ch'io non m'intendo.

der junge mann schaut verblüfft auf wie ein
somnambuler, den man eben auf dem
dachfirst erwischte.

dann besinnt er sich. la volpe, la vecchia
volpe! ruft er lachend aus, kehrt zu seinem
stuhl zurück und sackt in sich zusammen, als
hätte er eine wichtige einsicht genommen.

woraufhin der maestro grüßend den taktstock
hebt.

die perücke des jungen mannes strömt einen
intensiven duft nach mottenkugeln aus.

berninis kleiner schlaumeier von der piazza
della minerva

der wissendste der wissenden
es gibt keinen adäquaten lateinischen
ausdruck dafür
auch keinen italienischen
entgegen landläufiger meinung neigen auch
die heutigen nicht zum überschwang

und warum?
er hat nicht darum gebeten
dass sein rücken belastet werde

so
zeigt er den hunden des herrn sein hinterteil
was ihn wiederum bestätigt

inschriften   iscrizioni   inscriptiones
epigrafe

zwei sargdeckel

erster:
ich wäre nackt, wenn das tier mich nicht
bedecken würde
suche und du wirst finden, lasse mich

zweiter:
wer auch immer du bist, nimm diesen schatz,
zögere nicht
doch ich warne dich: gebrauche deinen kopf,
berühr den körper nicht

wissen wollen was
wenn licht auf licht trifft

frisst das eine licht das andere licht
damit beide nicht überhand nehmen

wir sind die schritte
wir zählen uns an
wir zeichnen uns ab
wir zahlen uns aus

wir sind die stadt
wir sind das morgenrot
bis die nacht anbricht
verlieren wir uns nicht aus den augen

lorem ecclesiae

san silvestro in capitale

papst silvester tötete den drachen
ließ den stier wieder auferstehen
schwänzte das konzil von nicaea
erfand das bleigießen
und die liebe zu meerschweinchen und ratten

die statue parlanti

6 an der zahl
(tradizionalmente sei)
die redenden statuen also
und - oh - wie sie den mund auftun!

der erste: pasquino

von dem sich die begriffe der pasquinade,
des pasquil herleiten
ein erfinder, ein verursacher, dieser nahezu
gesichtslose
ein gerissener unruhestifter
es hat keiner an ihm gekratzt
kein kaiser, kein könig, kein papst
es hat ihn nichts gekratzt als die
unzulänglichkeiten
derer im fleisch

und man fragt sich mit einem nicht geringen
behagen wie es denn angehen könne, dass
man in einer stadt, in der es ein leichtes war
einen menschen für immer zum schweigen zu
bringen, den mund einer marmorstatue nicht
zu schließen vermochte

ich nähere mich ihm mit einer gehörigen
portion hochachtung
was wird er sagen?

als zweite: die madama lucrezia

eine beachtlichkeit
die einmal die isis dargestellt haben soll
in einem tempel voller schlangen

falls es so gewesen sein sollte erklärt das
alles
andersherum kann man es sich ohne weiteres
begreiflich machen

im mittelalter veranstaltete das volk in ihrem
angesicht den ballo de li poveretti
da tanzten die krüppel mit den lahmen

als die verderbte meute sie einmal auf den
mund warf
begannen auf ihrem rücken schriftzeichen zu
erglühen:
ich kann nichts mehr sehen!

sie macht kein großes getöse
um ihre botschaft durchzubringen

wie seinerzeit, als sich der papst gregor xiv
hinter hohen mauern verschanzte, weil er
dadurch dem tod zu entgehen meinte
da verkündete sie kalt:
der tod kommt durch das tor geschritten

so geschah es auch
denn einen zugang findet der tod allemal
im zweifelsfalle man das hintertürchen
übersehen

der dritte: marforio

Dis ist vom alten Rom ein edler Mann/
der in Gestalt/ wie man ihn schauet an/
geboren ward/ mit einem solchen Bart/
und auch zugleich in solcher Kleider-Art.
Er ware auch von Jugend auf so groß/
ging auch allzeit so nackend und so bloß/
er aß und tranck zwar nichts/ doch ward er alt/
sein Alter ist ja dreyzehnhundert bald.
Er hat/ das Glück und Unglück dieser Erd/
geachtet nie nur eines Hellers wehrt.
In Wasser/ Lufft/ im Wind und auf dem Feld/
verblieb' er stets/ gantz ohne Dach und Zelt.
An Zähnen er/ wie ich von ihm versteh/
litt keinen Schmertz/ auch sonsten gar kein
Weh/
still/ ernsthafft/ frisch/ war immer sein Natur/
auch ohne falsch von wenig Worten nur/
auch sonst bequem zu vielem andern thun.
Doch hat man ihn nicht können lassen ruh'n:
Weil einige der bösen Schelmen-Rott
ihn so zerstückt/ gemacht zu Schand und
Spott.

In Rom ist er und bleibet wol bekandt:
Marforius wird er daselbst genannt.
(antonio lafrery in deutscher übersetzung von
joachim von sandrart)

ein kerl der flüsse, gewässer, der brunnen
auch
(den brunnen, auf dem er ausgestreckt ruht,
hat ihm der michelangelo gebaut)

wie sein freund pasquino ist das auch so
einer, dem keiner was kann
der streicht seinen bart bis die sonne
abgebrannt ist auf den letzten funzelstrahl

der vierte: babuino

in der nach ihm benannten straße residiert er
ein bockpelziger silen, von dem ich nicht
weiß
ob ich ihn weise oder ignorant nennen sollte
da er weiterhin hartnäckig darauf besteht
dass die beste existenz diejenige sei nie
geboren zu werden
dabei fläzt er tag und nacht auf seinem stein
über seinem brunnen
aus dem der wein zu strömen beginnt, sobald
er mit den fingern schnippt
ich habe ihn beobachtet
er grinst ganz unverschämt dabei

der fünfte: il facchino

die menschen sind nicht immer freundlich zu
ihm gewesen, haben ihm die nase und den
mund zerhauen
das ist zwar schon lange her
dafür scheint man ihn fast vergessen in
seinem winkel
nur die ratten und die trinker, die spätnachts
am brunnenrand verschnaufen
schenken ihm noch einen dreckigen witz
über den er verzweifelt lacht
damit er sich nicht verschlucken muss an den
tränen

der sechste: l´abate luigi

du stehst davor
und plötzlich hörst du eros ramazotti singen
per me per sempre
und du beginnst zu tanzen
per sempre
per sempre
per sempre

roma, ti amerò fino a quando il camion della
spazzatura gira

und schließlich:
wenn alles gesagt und besprochen
wird es gut sein über eine bar nachzudenken,
in der ein anständiger vecchia zum caffè zu
bekommen ist

rom, die ewige stadt
oder
willkommen in der bizarren welt des
unendlichen

d.h. - halt, stop!
passt das zusammen?

doch, ja
denn
das ewige ist die zeit
das unendliche der raum

die zeit erfüllt sich im raum

das ist etwas, das wir menschen mithilfe von
zahlen darzustellen pflegen
begreifen können wir es nicht
was allerdings keine rolle spielt
es geht ohnehin an uns vorbei

rom ist in der tat ewig
auch wenn die ewigkeit, nachdem rom seinen
anfang nahm
bereits erfunden war

es gilt aber, was vor uns liegt

wenn ich einmal gestorben bin
wird rom immer noch ewig sein
ich dann allerdings auch

was verwachsen ist bleibt zusammen
was zueinander fand, holz und stein
bilden ein gemeinsames haus

auf dem dach stapeln sich die schritte
die antennen richten ihre ohren aus
gleich wird der granatapfelbaum sein
schweigen brechen

der nachmittag schwebt träge über der
engelsburg
das weltchaos kann nicht alle galaxien
gleichzeitig besetzen

aus der rubrik italienischer redensarten

avere le mani in pasta
seine finger in der pasta haben

ich interpretiere das berlusconimäßig
also - in jedem dorf ein kind

keats grab

ich sehe sein grab
seinen namen
geschrieben in wasser
das floss dahin
ich sehe die dame wandeln
ohne erbarmen
sie hat es selbst so gewählt
es sollten maßliebchen wachsen
ich sehe keine

da gehen katzen
mit schwerem blick

giorgio de chirico

atemlose vögel fallen in scharen ein
tragen metaphysische gedanken im schnabel
wissen nicht wo das herkommt
finden es unerklärlich
erklären das unerklärliche für genie
deklarieren das genie für unerklärlich
steigen wieder auf
und fliegen davon

immer
wenn ein großer moment vorüber ist
stecke ich die füße in den sand

meine augen folgen dem blauen licht auf der
straße
nehmen ein paar kurven mit
dem abenteuer hinterherzulaufen
bis zum tabacci shop
wo souvenirs neben lila usambaraveilchen
meine verunsicherten blicke
aufsammeln
wie die müllabfuhr
die säcke voller unrat
die einfach vor die häuser gestellt werden
ankommende touristen mit schirmen in der
hand
die sie später vergessen werden
weil die klimaanlage surrt
die heizkörper heruntergedreht sind

als das blaue licht umkehrt
stockt der verkehr vorübergehend
dass die sirene sich lauter anhört
bis es schwarz wird vor den augen

der letzte abend in rom wird genossen.
die wärme hat sich der abend vom tag
geborgt. die nacht wird nicht kühler als 15
grad.
das behauptet zumindest die
wettervorhersage.

der opernplatz führt sich auf wie es
passender nicht sein kann. er bettet den
mond dermaßen vollendet in den himmel, als
hinge von ihm die seligkeit ab.
und die findet sich etwas weiter in dem
schönen restaurant, das wir bereits kennen.
die kellner freuen sich uns wiederzusehen.
ein lauschiges plätzchen wird uns angeboten.
ab und zu flackert die kerze heftig in der
weißen laterne, die neben mir auf dem
boden steht.
der chianti mit dem bild
übereinandergestapelter nashörner auf der
flasche schmeckt ausgezeichnet.
nach dem riesigen beefsteak mit
röstkartoffeln ist ein nachtisch unbedingt
erforderlich.
ein eis oder eine andere üble völlerei.
etwas wehmut schleicht sich in mich. doch
auch vorfreude auf zuhause.
dass der liebste sich auf sein saxophon
stürzen kann. und ich wieder einmal
überlege, wie denn der klarinette am besten
beizukommen ist.
werden unsere teichfische in der kugel sein?
oder hat sie der reiher verspeist?
wie sieht der garten überhaupt aus?

doch noch ist rom.
sind die vielen menschen. die unermüdlichen
straßenverkäufer. die kleinen balkone an den
häusern.nochmals an dem obststand vorbei.
der keine ladenöffnungszeiten kennt.
selbst sonntags kann man in rom einkaufen.
man freut sich über kunden.

die letzte nacht im diana roof hotel.

wir haben es gut angetroffen. das nette
personal. das schöne zimmer.
die herrliche dachterrasse.
vor allem die zentrale lage. metro, bus und
bahn in der nähe.

morgens dann nach dem auschecken im hotel
mit dem leonardo express zum flughafen.
das einchecken problemlos. bordkarte auf
dem handy, funktioniert prima.
doch dann der sicherheitscheck. viermal
durch den scanner. bis das licht endlich grün
wird....
die raucherlounge ist mehr ein knast.
kapazität acht personen. man steht und
raucht. amüsiert sich über die
gepflogenheiten. findet den ort äußerst
unattraktiv und weiß, dass man ihn trotzdem
nochmals aufsuchen wird.
das boarding beginnt. wir nehmen unsere
plätze ein.
das flugzeug hebt ab.

in das bild gebaut
der blaue himmel
zwischen grünem liguster
zittert eine weiße taubenfeder
dem freien fall entgegen

übriggeblieben

das kleine stück sehnsucht
die frage die keine antwort fand
liegt versponnen im gitternetz
der schwarzen witwe
dreizehn rote flecken
verstecken das gift

kein ende der geschichte
noch grüßen die ockerfarbenen häuser
den römischen kiesel
in weiß gebettet
die unschuld
das rot der nacht
verschweigt sich hier

die gegenwart
sieht mit
verstellten augen
die zukunft

die vergangenheit
ruht
wie der anker
im nebel

© fotos von eike m. falk